JAMES CLANCY   BORDER COUNTRY

JAMES CLANCY BORDER COUNTRY

KEHRER

Border Country, both as a phrase and as a title for this series of photographs, is my name for an uneasy condition of heart and mind that periodically comes to possess me. It may be precipitated by a personal crisis, or it may come without any apparent cause. I always greet it, however, with mixed emotions – part panic, part excitement – because the chief characteristic of the condition is that it charges me with some indeterminate, yet important obligation. But I am never told what that obligation is, never told how to identify it; indeed, never told where to go or how to get there. If there is a map, it has to be read in the dark; if there are instructions, they are audible only as a murmur in a foreign language.

Unravelling this puzzle, a puzzle beyond words, logic, analysis, more a matter of intuition than intellect, is possible only if I can find and document in images a place that matches my state of heart and mind – a real place in the observable world that gives some definition to the miasma of mood swirling about and within me. This is my way of finding my way – and finding my way become more and more urgent as my confidence wanes.

Before beginning my search for place, and even while searching, I am somewhat at odds with myself: disconnected, bereft, lost. My organising principle is unwieldy; indeed, it is the least creditable part of the process. I blunder about, follow all kinds of leads, end up in dead-ends, double back and begin again, still confused, still confounded, altogether stymied. I am like a demented tourist who snaps everything, hoping that a multiplicity of images will somehow reveal a meaning. But when I find the place, more by accident than design and always with that strange feeling that it found me far more than I found it, I begin to take root there. The relief is enormous.

And as relief couples with excitement, with renewed energy I am compelled forward, making daily pilgrimage to this newly discovered but still unfamiliar landscape. I try to see under the ground to a depth impossible to any human eye. But with shock, I realize that I am viewing contours of the unexplored, hidden corners of my own self.

James Clancy

Border Country (Grenzland), sowohl als Ausdruck als auch als Titel dieser Fotostrecke, ist meine Bezeichnung für einen unbehaglichen Zustand des Herzens und der Seele, der in regelmäßigen Abständen von mir Besitz ergreift. Er mag durch eine persönliche Krise herbeigeführt werden oder ohne scheinbaren Grund aus dem Nichts auftauchen. Ich heiße ihn stets willkommen, wenn auch mit gemischten Gefühlen – teils panisch, teils erregt – denn das entscheidende Merkmal dieses Zustandes ist, dass er mich mit einer unfassbaren doch bedeutenden Verpflichtung erfüllt. Mir wird weder eröffnet, um welche Pflicht es sich handelt, noch wie ich sie erkennen kann. In der Tat weiß ich nie, wohin ich gehen soll oder wie ich ans Ziel gelange. Gibt es eine Landkarte, so muss sie im Dunkeln gelesen werden. Gibt es Anleitungen, dann sind sie nur als Raunen in einer fremden Sprache hörbar.

Das Rätsel zu lösen – ein Rätsel jenseits aller Worte, Logik, Analysen, eher die Intuition als den Verstand fordernd – ist nur möglich, wenn ich einen Ort finden und in Bildern dokumentieren kann, der den Zustand meiner Seele und meines Herzens widerspiegelt. Einen realen Ort in der wahrnehmbaren Welt, der mir eine Bedeutung für das Miasma der Launen liefert, das um mich herum und in mir wirbelt. Dies ist meine Art, meinen Weg zu finden – und meinen Weg zu finden wird immer zwingender, je mehr mein Selbstvertrauen schwindet.

Bevor ich meine Ortssuche beginne und sogar während der Suche bin ich innerlich zerrissen, von mir entfernt, meiner beraubt, verloren. Mein Gestaltungsprinzip ist sperrig. In der Tat ist es der am wenigsten glaubhafte Teil des Prozesses. Ich stolpere umher, folge allen möglichen Hinweisen, ende in Sackgassen, mache kehrt und beginne von Neuem, noch immer irritiert, noch immer verwirrt, ganz und gar gehemmt. Ich bin wie ein wild gewordener Tourist, der alles einfängt, in der Hoffnung, dass eine Vielzahl von Bildern irgendwie eine tiefere Bedeutung offenbart. Doch wenn ich den einen Ort finde, eher durch Zufall als durch Absicht und immer mit dem merkwürdigen Gefühl, dass er eher mich gefunden hat als ich ihn, dann beginne ich, mich dort zu verwurzeln. Die Erleichterung ist riesig.

Und wenn sich die Erleichterung mit Erregung verbindet, mit neuer Energie, werde ich vorwärts gezwungen zu täglichen Pilgerfahrten zu diesen neu entdeckten, doch noch immer fremdartigen Landschaften. Ich versuche, unter den Grund zu schauen, in eine Tiefe, unerreichbar für das menschliche Auge. Geschockt muss ich dann feststellen, dass ich die Konturen der unerforschten, versteckten Winkel meines Selbst betrachte.

James Clancy

James Clancy was born in 1971, the youngest of three children, into a farming family, close to the rural town of Newmarket in North Cork. Here he received his education in the local schools. Life on the farm and in the locality gave him most of what he needed at the time, but time came where he needed what it could not give him, so he moved to Cork City and beyond. He now lives in Berlin, where he is passionately engaged in photography.

James Clancy wurde im Jahre 1971 als jüngstes von drei Kindern einer Bauernfamilie nahe dem irischen Städtchen Newmarket im Norden des County Cork geboren. Hier wurde er in örtlichen Schulen unterrichtet. Das Leben auf dem elterlichen Bauernhof und die ländliche Umgebung gaben ihm einen Großteil dessen, was er zu jener Zeit brauchte, doch es kam die Zeit, in der er bedurfte, was der Ort seiner Kindheit ihm nicht geben konnte. Also zog er zunächst in die Stadt Cork, um später auch diese hinter sich zu lassen. Zurzeit lebt er in Berlin, wo er sich leidenschaftlich der Fotografie widmet.

© 2011 James Clancy,
Kehrer Verlag Heidelberg Berlin

Translation / Übersetzung:
Rita Haeussler

Proofreading / Lektorat:
Kehrer Verlag Heidelberg
(Nicole Hoffmann)

Design / Gestaltung:
Kehrer Design Heidelberg
(Petra Wagner)

Image processing / Bildbearbeitung:
Kehrer Design Heidelberg
(Jürgen Hofmann, René Henoch)

Production / Gesamtherstellung:
Kehrer Design Heidelberg

Printed in Germany

Bibliographic information published by
the Deutsche Nationalbibliothek
The Deutsche Nationalbibliothek lists this
publication in the Deutsche Nationalbiblio-
grafie; detailed bibliographic data is available
on the Internet at http://dnb.d-nb.de.

Bibliografische Information der
Deutschen Nationalbibliothek
Die Deutsche Nationalbibliothek verzeichnet
diese Publikation in der Deutschen National-
bibliografie; detaillierte bibliografische Daten
sind im Internet über http://dnb.d-nb.de
abrufbar.

www.jamesclancy.org
www.kehrerverlag.com

ISBN 978-3-86828-193-4

Kehrer Verlag
Heidelberg Berlin